時の向こう側

The Other Side of Time

田中マリ

ポエムピース

西

皺に染み歩行も遅く老い行けど心はずっと野々花でいよう

目次

夏

朝顔の開花と共に目覚めては独り占めする夜明けの空気

優しさに包まれていた毎日は貴方と共に行ってしまった

Yシャツに重いアイロンかけたればポタリと落ちた我の汗なり

昼さがりガランと一人新茶いれ揺らめく香り人恋しくて

スーパーで烏賊刺仕入れ日本酒で一人で愛でる我が誕生日

銀色に濡れた道路にかたつむりダンプ走るもおかまいもなし

大吟醸切子杯に注ぎしが「旨い」の声を聞くことは無し

気に入らぬかってなところ夫に似てDNAは恐ろしきかな

山門の睨みを利かす仁王様幼き日には母の手握りき

匂いたつなまあたたかき夏の夜に白いレースの烏瓜の花

そそくさと朝食せずに出勤す息子を気づかい夕餉を作る

五十年描き続けた油絵の解体見るは切ないばかり

八月に父と登りし鳥海山忘去の中のきわだつ記憶

見わたせばコンクリートのビルばかり乾いた空気に心もかわく

夏みかんサクッと切ればば香りたちマーマレードを待つ友のいる

あれ忘れ忘れたことさえ忘れてる老人力は恐るべきこと

花びらに水滴光る赤い薔薇「赤はいいわね」祖母の声する

リバティの花柄の服着てみれどもはや似合わぬ齢となりぬ

よき母であろうと努力したけれど「ひとりよがり」子に言われたり

「ただいまぁ」と弾んだ声を聞きたれば我の心の青空になる

あこがれの赤松良子卒寿こし活躍つづくユネスコ会長

ためらわず東京湾に飛び込みしトライアスロンの飛沫は茶色

若者の心の闇の苦しみは突き進み行く狂気の沙汰に

霧の中シベリア鉄道走り貫けハバロフスクは風薫る初夏

八歳で別れたきりの孫娘思春期迎え美しくなりしか

優しさに素直になれぬ我が心許せぬままに日々過ぎゆきぬ

雨もよう心も晴れぬそんな日はコップを磨き梅酒を飲もう

お洒落して通う所は映画館水曜日にはレディィスデイ

雨の中荒川土手に佇みし何処にありしかお化け煙突

真夜中に窓を開きて深呼吸うなり聞こえる蚊と室外機

朝まだき穏やかなりし母の顔あさがお咲きて母みまかりぬ

秋

十月の冷房のきく車窓よりススキが見えて秋だと気付く

大好きな金木犀の香る日に君は生まれき今はもう無き

Yシャツのアイロン掛けも楽になりぬ繊維の中に形状記憶

街中にスマホ見る人集まりし今日はモンスターの現れる日とか

古代からやっと目覚めたキトラ古墳雅な色彩見るかげもなし

亡き夫の十月七日は誕生日ビールを持ちて墓参りする

何もせず徒労感のみ忍び寄るじっと見つめる天井の染み

本棚のタバコの匂う古本は父の残した足跡なりき

びっしりと枝に熟れたる柿の実は鳥も食べぬ渋柿なりや

お寺より振り込み用紙の届きたり法要中止に布施を送れと

初秋には美ヶ原にあいに行く紫に咲くまつむし草に

ふわふわに敷きつめられし苔のあり愛しき思いにそっと触れたり

沢に下り足を浸してひとやすみ清き流れに深呼吸する

岩代の岸に駒草かぜに揺れ夫あり日うつつに想う

曇天の夜道に見える満月は遠くにひとつ丸い外灯

ベランダに並んで四人横になり流星見んと目を凝らしたり

「お姉さんきっと来てね明日も又」消灯なりし暗い病室

荒川の土手に座りし妹とぐちを言い合いき妹はなし

コツコツと靴音ひびく午後六時カレーの香り路地にただよう

若き日は生活の苦労気付かずに二十四時間我だけのため

君の思い恋だと知らずに別れたり学生運動たけなわの頃

ドラムスに聞き惚れる君の横顔をじっと見つめて我の酔いたり

冴える夜は冷えたベッドにもぐり込む消えてなくなれ孤独の影よ

みどりごの握りしめたる指開く命の輝きことほぎながら

森友も加計問題も何もかも令和となれば消して良いのか

早朝の冷えきっているコンコース人々の群足早に行く

リタイア後はじめて夫の家事なれば入れたコーヒー旨いというだけ

穏やかな夫の寝息に安堵してセーターを編むベッドの傍で

燃え尽きた君の命の残り香がコートの中に包まれており

夕餉済みシンクを磨き家事終る今日のルーティン無事完了

赤と白庭に花咲く吉祥草のこりのふたつき良い事あるかも

冬

ヘンデルのメサイアを聞く年毎に友の歌いし師走になりぬ

おずおずと扉を開ける緊張は東京歌会に初参加の日

艱難の心の澱は年重ねワインのように芳醇になる

喜寿なのに淋しきこと多かりき心のかよう友見送りぬ

復興もままにならないこの国にイルミネーション虚色の輝き

公園の落ち葉踏みつつ歩む時夏の名残の空蝉のあり

まっしろに洗いあがりのシーツ干し空をあおいで心も青天

新聞を購買するのは老いた人介護施設の広告めだつ

ハイドンの時計を聞かばよみがえるラジオ講座で受験勉強

はげましも心を尽くした慰めも氷雨の如く心に降れり

東京の冬の夜空は星まばらオリオン星座すぐに見つかる

我のため手作りくまのプレゼントためらいつつもバザーに出したり

子供等の作文絵画を大切に保存をしたが子供は要らぬと

山小屋のテラスに立ちて吸う空気雪の匂いにつつまれた朝

電柱に朝日をあびて鳴くからすわがものの顔の狙いは何か

入浴剤温泉気分に浸れるが風呂釜いたむと躊躇するなり

敗戦後日本中より寄付されし神宮の木々切り倒さるる

北風に揺れて一輪咲くバラに心なごみて窓ガラス拭く

頭の中に威風堂々の曲流る雑巾がけする汚れた床を

換気して震える部屋の自彊術風邪に怯えてずる休みする

やわらかく心の刺が痛み出す夫にあびせたきつい言葉を

雪の夜に菊子のポン酢作りおり夫の好物吾の好物

正月に鎮座していた睨み鯛令和の時代しる人もなき

日本酒を二つの盃に注ぎしを夫を偲びぬ令和の元旦

ウォーキングほの温かき夜の道我を待ちたる白き梅あり

適格請求書をインボイス制度というなりまたもや課する新税制か

退職金を払えるうちにコロナ禍に閉店を決めし料亭川甚

鵯も目白も来ない庭にいでポツンと二輪香る蠟梅

夕映えに黄色の石蕗いきいきと少し嬉しいみしらぬ路地で

弛まずに四十年も続きしがウォーキングは私の歴史

ここかしこイルミネーション輝けり今年はついに最寄りの駅にも

春

寒も明け野梅の香り漂えど愛でる人なく相手はテレビ

年齢はお構いなしにやって来る刻々とせまり刻々と去る

あの頃はお茶にするかコーヒーにするかつまらぬことでよく争いき

フリージア黄色の香り優しくて夫と旅した八丈の春

ファックスの着信多く厭な予感カーボン切れて交換てこずる

ＡＩのせまる進化におののきし使いこなせぬ我身はいかに

蕗の薹ころもが透けてうす緑サクッと広がる春ほろにがき

縄とびをしながら思う幼い日記憶の中にイケメンの父

店さきの桃と菜花にうながされ家に帰りて雛人形出す

三密を避けたいためにスーパーに雨の降る日を選んで行くなり

雨の夜にバス待つ人は私だけヘッドライトが魔物に見ゆる

風邪ひきの我のためにと息子より届く夕食コンビニ弁当

山独活の若き香りを「好きだなァ」盃をかたむけ夫喜びき

ダンボール三箱もありし記念写真夫と二人の写真少なし

浅葱色深緑色黄緑と木々の緑を描き分けたり

一面の菜の花畑でスケッチす帽子に止まる蜂はブローチ

「おまたせ」と息急き切って君が来るそんな気のするレトロナカフェ

約束の時よりずっと早く着くふっと感じる老い行く我身

めずらしく雪降りそそぎ空気澄む孫が突然「新潟の匂い」

寿ぎの赤飯囲む食卓にピンクのご飯とはしゃぐ子等あり

聞きなれぬ言葉行き交う高尾山外国人と並びて登る

木製の揺れる吊り橋こわごわと眼下に見ゆる青き清流

あいたくて小仏峠に一人来る若い遺影の夫と乾杯

湿原にひときわ白く水芭蕉くつ音軽く木道歩みき

道場に竹刀片手にすっと立つ清水先生生徒を待ちおり

短歌をはじめるきっかけとなった清水房雄先生は、高校時代の恩師でもあり歌誌「青南」の主宰者でもいらっしゃいました。先生は私の学年の専任ではありませんでしたが、稀に代行で授業を受けることがありました。先生の独特な佇まいがとても魅力的で、お近づきになりたいと思っておりました。再び先生にお会いできることを期待し、七十歳にして「青南」に入会しましたが、その思いは残念なことに叶いませんでした。

あとがき

喜寿の記念として出版することとなったこの歌集は、私の四分の三世紀の生き様の一部です。短歌をはじめたのは七十歳という遅いスタートでしたが、「青風」や「青南」に出詠するにあたって日々の生活の中にある思いをみつけることができ、またさに毎日の発見でありました。喜び、悲しみ、驚き、不条理等々あらゆることに興味を持てたことで豊かな人生を与えられました。歌集にあるのはその中のほんの一部ですが、心にとめていただけたら嬉しいです。

　歌集を出すにあたって、ゆめある舎の谷川恵さんには大変お世話になりました。恵さんとの出会いは稲門会のお仲間より誘われた旅先のブルガリアでした。私が短歌をし、将来歌集を出したいと思っている旨をお話しし、実現することとなりました。恵さんと巡り合わなければ、とても実現できなかったと心から感謝しております。又、ご縁の不思議さを感じるばかりです。最後に、ポエムピースの松崎社長、編集の清水さゆみさん、デザイナーの洪十六さんのお三方には大変お世話になりました。心からお礼申し上げます。

田中マリ

田中マリ

一九四六年七月、東京生まれ。
一九七一年早稲田大学社会科学部卒業。
七十歳より短歌を始める。
歌誌「青風」「青南」に出詠。
挿絵の油絵は自身が描いたもの。
女流画家協会展に出展歴あり。
趣味はトレッキング。

時《とき》の向《ひ》こう側《がわ》

2024年4月11日　初版第1刷

著　者　田中マリ
発行人　松崎義行
発　行　ポエムピース
東京都杉並区高円寺南4-26-12　福丸ビル6F
〒166-0003　TEL03-5913-9172　FAX03-5913-8011
編　集　清水さゆみ
装　幀　洪十六
印刷・製本　株式会社上野印刷所
落丁・乱丁本は弊社宛にお送りください。送料弊社負担でお取り替えいたします。

ISBN 978-4-908827-86-0 C0092